Edition Paashaas Verlag

EPV

Die im Buch veröffentlichten Ratschläge wurden von der Verfasserin sorgfältig erarbeitet und geprüft. Eine Garantie kann dennoch nicht übernommen werden; ebenso ist eine Haftung der Verfasserin bzw. des Verlages und seiner Beauftragten für Personen-, Sach- und Vermögensschäden ausgeschlossen. Namen und Begebenheiten in den Geschichten sind frei erfunden. Ähnlichkeiten mit lebenden Personen und tatsächlichen Begebenheiten sind nicht beabsichtigt, sondern rein zufällig.

Krimiparty Kids

Band 4

Unter Verdacht

Autorin: Cornelia H.-Müller
Cover-Motive: Pixabay
Cover designed by Michael Frädrich

ISBN: 978-3-96174-077-2
Printed: BoD, Norderstedt
Neuerscheinung November 2020
Altersempfehlung: ab 12 Jahre

Die Deutsche Nationalbibliothek verzeichnet diese Publikationen in der Deutschen Nationalbibliografie; detaillierte bibliografische Daten sind im Internet über http://dnb.d-nb.de abrufbar.

Inhaltsverzeichnis

Einleitung

Mithilfe dieses Buches könnt ihr mit der Familie, Klassenkameraden oder Freunden auf Tätersuche gehen. Ihr taucht in einen spannenden Kriminalfall ein, ermittelt, befragt und bewertet Tatsachen und Aussagen.

Dabei werden keine schauspielerischen Fähigkeiten von euch verlangt. Ihr sitzt mit den Mitspielern gemütlich zusammen und versucht gemeinsam, dem Täter auf die Spur zu kommen.

Zu diesem Krimi gibt es eine Vorlesegeschichte, Rollenbeschreibungen für alle Mitspieler und eine Auflösung.

Der Krimi ist so angelegt, dass in einem Bereich ermittelt wird. Ob ihr also zu Hause, im Klassenzimmer oder im Freien die Ermittlungen aufnehmt, spielt keine Rolle.

Das Buch ist mit dem Internet gekoppelt. Das benötigte Zubehör könnt ihr ganz einfach herunterladen und ausdrucken. Hinweise dazu findet ihr unter dem Kapitel: Was im Vorfeld zu tun ist.

Dauer des Spiels: ca. 1,5 bis 2 Stunden

Wie viele Personen können mitspielen?

Diese Geschichte ist für 6-8 Personen geeignet.
Dies bedeutet, 6 Personen haben eine feste Rolle, 2 weitere Personen können mitspielen.
Ihr müsst die Rollen nicht geschlechtsspezifisch besetzen, ein Mädchen oder eine Dame kann ebenso gut eine männliche Rolle übernehmen und umgekehrt.

Die sechs Hauptrollen sollten für ein gutes Gelingen eurer Ermittlungen besetzt sein.

Die Gastrollen können, müssen aber nicht besetzt werden. Sie eignen sich bei diesem Kriminalfall besonders gut für einen erwachsenen Spielleiter.

Zur Rollenverteilung:

Bei 6 Mitspielern lasst ihr die Rolle von Lady Elizabeth Mary Assembary und den Beobachter weg;
Bei 7 Mitspielern spielt Lady Elizabeth Mary Assembary mit.
Bei 8 Mitspielern zusätzlich auch der Beobachter.

Wenn ihr mit eurer Schulklasse oder zu Hause eine größere Krimiparty organisieren wollt, ist auch das möglich.
Setzt euch jeweils in Gruppen mit 6-8 Personen an einen Tisch und druckt alle Rollentexte und Namensschilder in entsprechender Menge aus.

Ein vorher bestimmter Spielleiter liest die Vorlesegeschichte zentral und laut für euch alle vor. Ihr könnt natürlich auch abwechselnd vorlesen, ganz so, wie es für euch am besten ist. Jeder Tisch ermittelt danach für sich. Es ist sicher spannend zu erfahren, welche Tische auf die richtige Lösung gekommen sind.

Was im Vorfeld zu tun ist:

Ladet Freunde ein oder verabredet euch zu eurer KRIMIPARTY. Einen Vordruck für eine Einladung haben wir für euch erstellt.

Geht auf die Internetseite http://www.verlag-epv.de
Wählt den Bereich: Downloads, Krimiparty

Wählt „Krimiparty Kids 4“ aus.

Benutzername: kids4@verlag-epv.de
Passwort: hmueller20

- Druckt die Einladung aus.
- Druckt die Kurzbeschreibung aus.
- Druckt die Rollentexte aus.

Bei mehreren Gruppen druckt für jeden Tisch einen kompletten Satz aus.

- Druckt die Namensschilder aus und schneidet sie zurecht.
- Legt für jeden Mitspieler Papier und Bleistift für Notizen zurecht.

Erklärungen zur Durchführung:

Die Kurzbeschreibung informiert euch, welche Charaktere in diesem Krimi eine Rolle spielen.
Überlegt, wer welche Rolle übernehmen soll und heftet euch ein Namensschild mit dem neuen Namen an die Kleidung. Mit einem Klebestreifen geht dies ganz einfach.

Bevor ihr das Spiel beginnt, lest bitte unsere Hinweise auf die Viktorianische Zeit auf den Seiten 13 und 14 laut vor. Es wird euch helfen, die einzelnen Personen und ihr Handeln besser zu verstehen.

Die Vorlesegeschichte wird nun vom Spielleiter laut vorgelesen. Erst danach erhält jeder Mitspieler seinen persönlichen Rollentext. Dieser Rollentext besteht aus 2 Seiten; dem Vorstellungstext und dem Hinweistext.
Jeder liest beide Seiten seines Textes nun kurz still durch.
Der Täter erfährt nun auch, dass er die Tat begangen hat. Er soll keinesfalls vor dem Ende des Spiels ein Geständnis abgeben.
Wenn ihr mit der Ermittlungsrunde beginnen wollt, lest die Vorstellungstexte reihum laut am Tisch vor. Die Reihenfolge steht auf den Rollentexten.

Der Geheimtext enthält weitere, wichtige Hinweise. Dieser Text wird nicht vorgelesen; er dient eurer Ermittlungsarbeit.
Stellt euch nun Fragen und versucht herauszufinden, was geschehen ist. Nutzt dazu auch das Wissen aus dem Geheimtext.
Ihr solltet ehrlich auf die Fragen antworten, lügen darf nur der Täter.

Macht euch Notizen; diese können ganz hilfreich sein, denn ihr bekommt viele Informationen.
Die Ermittlungsrunde dauert zirka 20 bis 30 Minuten. Ihr werdet selbst merken, wann sich die Fragen wiederholen und ihr zum Ende kommen könnt.

Zum Schluss schreibt jeder auf einen kleinen Zettel, wen er für den Täter hält.
Diese Zettel werden vom Spielleiter eingesammelt und ausgewertet.

Der Spielleiter liest anschließend die Auflösung vor.

Hattet ihr Spaß? Ich freue mich, wenn ihr mir schreibt, wie euch dieser Krimi gefallen hat.
Hier meine E-Mailadresse: glashauskrimi@glashauskrimi.de

Und für euch als Erinnerung haben wir am Ende des Buchs noch ein paar Seiten freigelassen, wo ihr eure Gäste auffordern könnt, doch etwas hineinzuschreiben.

Das ist sicher super lustig, wenn ihr euch dann in ein paar Jahren an den Abend wieder erinnert und gemeinsam über eure Kommentare lachen könnt.

Häufig gestellte Fragen zur Durchführung

Warum sollen die Rollen erst nach dem Vorlesen der Geschichte verteilt werden?
Die Mitspieler sollen beim Vorlesen der Geschichte gut zuhören und durch nichts abgelenkt werden.

Dürfen die Mitspieler flunkern?
Der einzige, der Grund zum Flunkern hat, ist der Täter. Alle anderen sollen Sachverhalte, auf die sie angesprochen werden und die der Wahrheit entsprechen, auch einräumen und ehrlich antworten.

Ich habe nicht die passende Anzahl Mädchen und Jungs, was nun?
Das macht nichts. Die Mädchen können auch eine Jungen- oder Herrenrolle übernehmen. Umgekehrt gilt dies natürlich auch.

Ich habe mehr Gäste als Rollen. Was nun?
Ihr könnt mehrere Tische bilden. Falls es aber nur ein oder zwei Personen mehr sind, könnt ihr die Rolle des unabhängigen Beobachters dazu nehmen.

Müssen alle Gäste ungefähr gleich alt sein?
Nein. Ein Mitspielkrimi macht in jedem Alter Spaß. Eine gute Gelegenheit also, das nächste Familienfest einmal als Krimiparty zu gestalten.

Einige Rollen sind „Erwachsenen-Rollen“. Dabei ist das Buch doch für Kinder gemacht. Warum ist das so?
Kindern macht es großen Spaß, in eine Erwachsenenrolle zu schlüpfen. Außerdem werden „Verbrechen“ in aller Regel ja auch von Erwachsenen begangen.

Habt ihr noch weitere Fragen?
Dann schreibt mir eine E-Mail an:
glashauskrimi@glashauskrimi.de

Ich versuche jede Frage zeitnah zu beantworten.

Die Viktorianische Zeit und was ihr vor Spielbeginn darüber wissen solltet:

Die Viktorianische Zeit wurde benannt nach Königin Viktoria, die am 20.6.1837 zur Königin von Großbritannien und Irland gekrönt wurde. 63 Jahre lang war sie in der Folge Herrscherin Englands.
Damit hat sie lange Zeit einen Rekord gehalten, der am 9.10.2015 von der euch vermutlich bekannten heutigen Queen*, König Elisabeth II, übertroffen wurde. (*Stand Oktober 2020)
Verheiratet war Königin Viktoria mit Albert von Sachsen-Coburg und Gotha. Ihm wird großer Einfluss auf ihre Regentschaft zugeschrieben. Die beiden hatten 9 Kinder und nach seinem Tod 1861 hat sich Viktoria fast vollständig aus der Öffentlichkeit zurückgezogen.
Das Land wandelte sich unter Viktorias Regentschaft und seine Geschicke prägten schon im 19. Jahrhundert nicht mehr der Adel und die Krone, sondern Industrielle und Handelsgesellschaften.
England wurde zur führenden Industrienation, aber im Gesundheits- und Bildungswesen veränderte sich zunächst wenig.
Und obwohl die Monarchie sich weitgehend zu einer repräsentativen Instanz entwickelte, hielt Viktoria an bürgerlichen Traditionen und Konventionen fest. Erste Kämpferinnen für Frauenrechte und ihre Ziele hielt die Königin gar für unsittlich!
Lange Zeit gab es noch große gesellschaftliche Unterschiede.

Die Unterschicht:
Zwei Drittel der Bevölkerung setzten sich aus Armen und Arbeitern zusammen. Die Armen lebten meistens am Rande oder unter dem Existenzminimum. Der Lebensstandard dieser Menschen war gering und Bildung kaum zugänglich.

Die Mittelschicht:
Man unterschied hier die untere und die obere Mittelschicht. Zur unteren Mittelschicht gehörten zum Beispiel Ladenbesitzer, Freiberufler und Teile der Geistlichen und Priester.
Die obere Mittelschicht war vermögend durch Handel und Industrie und sandte ihre Kinder schon in Privatschulen. Sie näherte sich dem Lebenswandel des Adels.

Die Oberschicht:
Sie wurde verkörpert durch den Hochadel, der hohe Einkommen und Grundbesitz hatte und der die politische Macht im Oberhaus vereinnahmte.

Durch Wahlrechtsreformen aber wurde diese Macht Ende des 19. Jahrhunderts verringert. Wer erfolgreich als Unternehmer war, konnte zum Beispiel Adelstitel erlangen und wurde ins Oberhaus aufgenommen.

Die Rolle der Frau im Viktorianischen Zeitalter

Das Leben der Frauen in diesem Zeitalter war sehr von der Herkunft und Schicht, zu der sie gehörte, abhängig. Für alle Frauen galt aber gleichermaßen, dass sie kaum Rechte hatten. Sie durften nicht wählen, keinen Besitz ihr Eigen nennen und auch nicht vor Gericht klagen. Eine Frau war absolut vom Wohlwollen der Männer abhängig. Diese Männer konnten der Vater, der Bruder oder der Ehemann sein.

Frauen durften zu dieser Zeit auch nicht studieren und sie erhielten keine bis wenig Schulbildung.

Eine Ehe wurde auch eher selten aus Liebe geschlossen. Von den Frauen wurde erwartet, dass sie gute Ehefrauen und Mütter waren und den Haushalt führten.

Gehorsam wurde vorausgesetzt; der Mann hatte die alleinige Macht.

Während das Leben einer Frau aus einer höheren Schicht aber vermutlich noch einigermaßen angenehm war, wurde das Leben in den unteren Schichten oft zu einem Überlebenskampf.

Eine Frau aus der unteren Mittelschicht konnte versuchen, als Kinderfrau oder Zofe ihren Lebensunterhalt zu verdienen und es war ein bedeutender Schritt, wenn man den Aufstieg zur Köchin oder Haushälterin schaffte.

Weniger Glückliche lebten in den Armenvierteln und verkauften sogar ihren Körper, um zu überleben.

Dann werdet ihr in diesem Krimi auch auf den Namen **Florence Nightingale** stoßen.

Die Britin führte vor über 150 Jahren erstmals Hygienestandards in der Krankenpflege ein und kämpfte für ein allgemeines Gesundheitssystem. Mit Mitte 20 hat sie sich entschlossen, ihr Leben der Krankenpflege zu widmen, obwohl dies für eine Tochter aus höherem Haus nicht standesgemäß war. Später hat sie eine Schule für moderne Krankenpflege eröffnet und Prinzipien geleert, die heute noch so wichtig sind: Sauberkeit und Hygiene in der Krankenpflege.

Die Kurzbeschreibung:

Unter Verdacht

Es spielen mit:
Inspector James Scott
George Wilhelm Assembary, Sohn von Lord Assembary
Mr. Thomas, Butler des Hauses
Mrs. Johnson, die Köchin
Valerie, Zofe von Lady Assembary,
Miss Veronica Southampton, bürgerlich und aus wohlhabendem Elternhaus

Und falls ihr 7 Spieler seid, kommt diese Rolle noch hinzu:
Lady Elizabeth Mary Assembary – optionale Rolle

Bei 8 Mitspielern darf der Beobachter auch mitermitteln.

Und darum geht es in diesem Fall:

An einem trüben Novembervormittag im Jahre 1853 wird Inspector James Scott zum Stadthaus von Lord Assembary gerufen. Ein sehr wertvolles Collier ist verschwunden – und das, obwohl keine Fremden im Haus waren!

Ich bin sicher, dass ihr mit eurem Ermittler-Team zur Aufklärung beitragen werdet.

Das ist passiert – die Geschichte zum Vorlesen!

Es war sehr kalt an diesem trüben Novembervormittag im Jahre 1853, als Inspector James Scott energischen Schrittes die Treppen zum Stadthaus von Lord Assembary hinaufeilte. Es lag in Londons nobelster Gegend und verriet bereits von außen einen gewissen Status der Bewohner. Der Inspector läutete, und gleich darauf wurde die schwere Eingangstüre geöffnet.
Mr. Thomas, der Butler des Hauses, schaute den Inspector leicht tadelnd an.
„Ich hatte gehofft, Sir, dass Sie durch den Dienstboteneingang kommen würden! Es wäre äußerst unpassend, wenn Sie jemand gesehen hat!"
Er trat einen Schritt zurück und ließ den Inspector in die Halle treten!
„Ich komme niemals durch den Dienstboteneingang", erklärte Scott selbstbewusst und reichte dem Butler seinen Schal und seinen Mantel. „Haben Sie uns gerufen?"
„Mit Verlaub, Sir, dies war Lord Assembary selbst. Obwohl ich, wenn ich mir die Bemerkung erlauben darf, durchaus der Meinung bin, dass wir diesen", Butler räusperte sich vornehm, „ja, sagen wir, diesen bedauerlichen Vorfall, selbst aufklären können! Folgen Sie mir bitte."
Der Butler ging voraus und führte Inspector Scott in ein freundliches, mit hellen Möbeln ausgestattetes Frühstückszimmer!
„Lord Assembary war wohl anderer Ansicht, ansonsten hätte er sich sicher nicht die Mühe gemacht, Scotland Yard zu beauftragen!", stellte Scott fest. „Ist der Lord im Hause?"
„Bedauerlicherweise musste Lord Assembary bereits in aller Frühe das Haus verlassen; er hat eine mehrtägige Reise nach Schottland nicht aufschieben können! Er bat mich, Ihnen alle notwendigen Informationen zukommen zu lassen."
Scott ging im Zimmer auf und ab und sah sich aufmerksam um.
„Dann erzählen Sie mir doch bitte, was genau vorgefallen ist!"

Der Butler räusperte sich erneut, dann kam er der Aufforderung nach.
„Nun, Sir, es handelt sich sicher nur um einen Irrtum oder um ein Versehen! Wir hatten gestern eine größere Gesellschaft hier im Hause, alles nur untadelige und sehr wichtige Persönlichkeiten aus der Londoner Gesellschaft. Nun, bei solch wichtigen Anlässen leiht sich Lady Assembary bei dem Juwelier, Mr. Jenkins, ab und zu ein paar Juwelen aus. Dies ist durchaus üblich und an und für sich nichts Besonderes."
Inspector Scott nickte beifällig und machte sich ein paar Notizen. Es war bekannt, dass sich die Damen der gehobenen Gesellschaft zu wichtigen Anlässen Juwelen ausliehen.
„Nun, Sir, der Juwelier brachte das Collier gegen 17:00 Uhr selbst vorbei. Ich öffnete ihm die Türe, ging mit ihm in dieses Zimmer hier und unterschrieb den Empfang des Schmuckes."
„Haben Sie sich den Schmuck angesehen?", wollte der Inspector wissen.
„Selbstverständlich, Sir. Es ist so üblich, dass ich, bevor ich die Empfangsquittung unterzeichne, einen Blick auf den Schmuck werfe!"
„Gut", erklärte der Inspector. „Und was geschah weiter?"
„Nun, ich begleitete Mr. Jenkins wieder hinaus zur Türe und verabschiedete ihn. Wir unterhielten uns noch kurz über das Wetter in London und dann ging ich zurück hierher, um den Schmuck zu Lady Assembary hinaufzubringen. Ich nahm die geschlossene Schatulle und trug diese die Treppe hinauf. Dort übergab ich sie an Valerie, die Zofe von Lady Assembary!"
Der Inspector sah den Butler fragend an.
„Ist dies so üblich?"
„Durchaus, Sir. Valerie hielt sich im Bügelzimmer auf, um das Kleid der Lady für die Abendgesellschaft noch einmal aufzubügeln. Ich übergab ihr die Schatulle und wies sie an, den Schmuck sogleich zu Lady Assembary zu bringen!"
„Gut, und was geschah weiter?"
„Nun, am Abend, kurz bevor die Gäste erschienen, rief mich Lord Assembary hinauf in sein Arbeitszimmer. Lady Assembary war

ebenfalls anwesend. Auf dem Tisch im Arbeitszimmer lag die geöffnete Schmuckschatulle. Lord Assembary erklärte mir, die Schatulle sei leer gewesen, als Lady Assembary den Schmuck am Abend anlegen wollte!"
„Um wieviel Uhr war dies genau?"
„Es muss gegen 20:00 Uhr gewesen sein, denn um 20:30 Uhr wurde die Gesellschaft erwartet!"
Scott ging einen Moment im Raum auf und ab. Dann wandte er sich wieder dem Butler zu.
„Wer war zu diesem Zeitpunkt im Hause?"
„Nun, Sir, das Personal war natürlich hier. Die Köchin Mrs. Johnson, Valerie, die Zofe von Lady Assembary und ich, Sir!"
„Wer war sonst noch im Hause?", hakte Scott nach.
Der Butler räusperte sich ärgerlich.
„Nun, Sir, Sie werden doch nicht annehmen, dass jemand von Eurer Lordschaft den Schmuck genommen hat?"
„Ich nehme gar nichts an", erklärte Scott. „Ich stelle Ermittlungen an. Also, wer war sonst noch im Hause?"
„Nun, ansonsten waren noch Lord und Lady Assembary hier, dann der junge Lord, George Wilhelm Assembary und Miss Veronica Southampton, eine gute Freundin der Familie. Ich möchte aber noch einmal betonen, dass es völlig undenkbar ist, dass jemand von diesem Personenkreis etwas mit dem Verschwinden des Colliers zu tun hat!"
Der Inspector war aufgrund seiner langjährigen Diensterfahrung anderer Ansicht. Er wusste, dass Diebstähle und andere Verbrechen allzu gerne dem Personal in die Schuhe geschoben wurden.
„Nun, Mr. Thomas", erklärte er mit strenger Stimme, „ich muss mit all diesen Personen sprechen. Zu allererst aber möchte ich mit Lady Assembary sprechen. Sie ist sicher zu Hause?"
„Ausgeschlossen, Sir! Lady Assembary befindet sich in ihrem Schlafgemach und ist unpässlich. Es ist völlig ausgeschlossen, sie zu stören!"
Das Gesicht des Inspectors verhärtete sich und seine Stimme wurde streng.

„Ich muss Lady Assembary sprechen. Bitte geben Sie ihr meine Karte und teilen Sie ihr bitte mit, dass es unerlässlich ist! Es wird nicht allzu lange dauern, das verspreche ich!"
Der Butler war ungehalten. Trotzdem nahm er die Karte und verließ eiligen Schrittes das Zimmer.
Kurze Zeit später kehrte er zurück.
„Lady Assembary benötigt noch einige Minuten, Sir, dann wird sie herunterkommen."
Als Lady Assembary kurz darauf erschien, war der Inspector überrascht. Er hatte eine ältere Dame erwartet, zumal George, der Sohn des Hauses, bereits ein erwachsener, junger Mann war. Stattdessen erschien eine kaum 30-jährige, sehr schöne und elegante Dame. Sie kam geradewegs auf den Inspector zu und deutete ihm an, Platz zu nehmen.
„Ich weiß, was Sie jetzt denken Inspector", erklärte sie warmherzig. „Ich bin die zweite Lady Assembary. Die erste Frau meines Mannes starb bei der Geburt von George, dem Sohn meines Mannes! Nun, wie kann ich Ihnen behilflich sein?"
„Lady Assembary", begann Scott. „Ich bedauere Sie stören zu müssen, aber Sie wissen sicher, warum ich hier bin. Wann haben Sie den Schmuck in Empfang genommen?"
„Nun, das muss so gegen halb sechs gewesen sein. Meine Zofe Valerie brachte ihn mir in einer Schatulle in meinen kleinen Salon im ersten Stock."
„Haben Sie sich den Schmuck gleich angesehen?"
Lady Assembary sah unglücklich aus, als sie antwortet. „Nein, das habe ich zu meinem größten Bedauern nicht, denn ich nahm gerade einen Tee mit Miss Southampton. Wir unterhielten uns sehr angeregt. Valerie kam herein und ich forderte sie auf, die Schmuckschatulle auf meinen Sekretär zu legen. Danach zog sie sich sofort wieder zurück!"
„Sie haben nicht hineingesehen? Ist das nicht recht ungewöhnlich?" Der Inspector sah Lady Assembary erwartungsvoll an.
„Nun, dies mag Ihnen ungewöhnlich erscheinen, aber ich hatte wie erwähnt Besuch und wollte das wirklich anregende und interessante Gespräch, welches ich mit Miss Southampton

führte, keinesfalls unterbrechen."
„Wann bemerkten Sie dann den Verlust des Schmuckes?"
„Am Abend, als ich ihn anlegen wollte. Valerie frisierte mir das Haar und anschließend wollte ich das Collier anlegen. Sie nahm die Schatulle von der Anrichte und als wir sie gemeinsam öffneten, war sie leer."
„Um wie viel Uhr war das?"
„Nun, das muss kurz vor 20:00 Uhr gewesen sein", erklärte Lady Assembary nachdenklich.
„Und Sie hatten den Schmuck vorher immer noch nicht angesehen?"
„Nein. Als Miss Southampton ging, um sich ebenfalls für die Gesellschaft herzurichten, ging ich in mein Badezimmer, um ein Lavendelbad zu nehmen. Danach kam Valerie, um mich zu frisieren. Nein, ich habe den Schmuck überhaupt nicht gesehen!"
Der Inspector machte sich erneut Notizen. „Lady Assembary, ich habe eine große Bitte an Sie."
Erwartungsvoll sah die Lady den Inspector an.
„Erfahrungsgemäß erhalte ich vom Personal eines Hauses wie dem Ihren, nur sehr, sagen wir, lückenhafte Aussagen. Die Hausangestellten haben Angst, entlassen zu werden, wenn sie etwas aussagen, was später zu", der Inspector räusperte sich vornehm, „sagen wir, zu Komplikationen führen könnte. "
Lady Assembary sah ärgerlich auf. „Sie meinen, wenn sie etwas aussagen, was jemanden in Bedrängnis bringen könnte, der zur Familie gehört? Meinen Sie das, Inspector?"
„Vermutlich meine ich genau das!"
„Nun, dann möchte ich, dass Sie allen Angestellten sagen, sie können alles aussagen, was sie beobachtet haben. Ich bin völlig sicher, dass dadurch niemand aus meiner Familie in Bedrängnis kommen könnte, Inspector. Und jetzt entschuldigen Sie mich bitte!" Lady Assembary stand auf und verließ eiligen Schrittes den Raum.
Kurz darauf erschien erneut Thomas, der Butler. „Ich hoffe, Lady Assembary konnte Ihnen weiterhelfen, Sir?"
Scott ging nicht auf diese Frage ein.

„Ich möchte als nächstes mit dem Personal, dem Sohn des Hauses und Miss Southampton sprechen. Sie sind doch alle im Haus?“
„Sehr wohl, Sir, wobei ich bemerken möchte, dass es sicher angebracht wäre, den jungen Lord, Miss Southampton und das Personal getrennt zu befragen!“
Der Inspector überlegte kurz und sah auf die Uhr.
„Wann holt Mr. Jenkins den Schmuck wieder ab?“
„Normalerweise am frühen Nachmittag“, erklärte der Butler und wusste sogleich, worauf Scott hinaus wollte.
„Nun, dann müssen wir uns beeilen. Ich schlage daher vor, dass Sie alle Personen, die gestern Abend anwesend waren, hier in diesen Salon bitten. Wenn Sie entsprechend erklären, dass wir in Zeitnot sind, werden der junge Lord und Miss Southampton sicher Verständnis dafür haben, dass ich alle gemeinsam befragen möchte, um mir ein genaues Bild vom Ablauf der Dinge zu machen.“
Der Butler seufzte tief. Dann zog er sich zurück, um alle Beteiligten in den Salon zu bitten. Kurz darauf erschienen der Reihe nach die Köchin Mrs. Johnson, die Zofe Valerie, Miss Veronica Southampton, und George Assembary.
Der Butler Thomas kam als letzter dazu und stellte den Inspector kurz vor.
„Nun, wir haben einen unangenehmen Fall aufzuklären und ich hoffe, Sie alle werden mir helfen.“

Wie es nun weitergeht:

Soweit die Vorgeschichte. Jeder Mitspieler erhält nun seine Rolle. Sie besteht aus 2 Teilen; den ersten Teil liest jeder Mitspieler bitte der Reihe nach laut vor. Der zweite Teil ist der geheime Text; hier erfährt man Dinge, die die anderen nicht wissen. Jeder kann selbst entscheiden, was er davon preisgeben möchte. Ermitteln und Fragen stellen darf nicht nur Inspector Scott, sondern alle Mitspieler gleichermaßen.

1. Rolle Inspector James Scott

– bitte laut vorlesen

Lord Assembary selbst hat gestern Abend noch Scotland Yard informiert und um Hilfe in dieser, sagen wir, delikaten Angelegenheit gebeten. Ich möchte noch einmal kurz zusammenfassen:

Der Butler, Mr. Thomas, hat das Collier gegen 17:00 Uhr von dem Juwelier Mr. Jenkins erhalten und wenig später an die Zofe, Miss Valerie, übergeben. Diese hat es dann zu Lady Assembary gebracht. Kurz vor 20:00 Uhr wurde entdeckt, dass die Schatulle leer ist.

Der Schmuck lag, wenn ich alle bisherigen Informationen zusammenfasse, für eine Weile zuerst im Frühstücksraum und später dann im Wohnzimmer von Lady Assembary.

Wo und wann genau der Schmuck aus der Schatulle entwendet wurde, wissen wir nicht.

Ich möchte Sie bitten, mir nun der Reihe nach zu berichten, wo Sie sich aufgehalten haben, nachdem der Schmuck abgegeben wurde. Haben Sie etwas beobachtet, was hilfreich sein könnte, den Schmuck wiederzufinden? Bitte sagen Sie mir wirklich alles, was Sie wissen! Lady Assembary selbst hat mir zugesichert, dass Sie frei sprechen können, egal, was Ihnen auf dem Herzen liegt."

Was James Scott sonst noch weiß

Lord Assembary führt zwar ein großes Haus, aber seine finanziellen Mittel sind nicht mehr so üppig, wie man meinen könnte. Wenn das Collier nicht wieder auftaucht, wird er dem Juwelier den Wert in Höhe von 2000 Pfund ersetzen müssen. Alleine diese Tatsache hat den Lord wohl dazu veranlasst, den Fall an Scotland Yard zu übergeben. Er möchte, dass professionell ermittelt wird in dieser Angelegenheit. Der Lord hofft sehr, dass sein Sohn George in Kürze die junge Veronica Southampton heiratet. Sie stammt zwar aus einer bürgerlichen Familie, aber ihr Vater hat durch entsprechende Geschäfte ein großes Vermögen erwirtschaftet. Diese Informationen hast du über diskrete Quellen erhalten.

Eine wichtige Frage ist, wann genau das Collier gestohlen wurde. Wo befand sich der Schmuck zu welchem Zeitpunkt? Wer hatte zum jeweiligen Zeitpunkt die Gelegenheit zu dem Diebstahl?

Versucht gemeinsam einen Zeitplan zu erstellen.

Und wo haben sich die Anwesenden ab 17:00 Uhr aufgehalten? Versucht auch hier, von jeder Person ein Bewegungsprotokoll zu erstellen.

Wichtig wäre es auch zu erfahren, wer die Räume von Lady Assembary überhaupt betreten darf.

Wenn ihr all diese Punkte berücksichtigt, habt ihr gute Chancen, den Fall aufzuklären.

Viel Erfolg, Inspector Scott! Ermitteln und Fragen stellen dürfen alle Anwesenden.

Zum Schluss der Ermittlungen schreibt jeder der Mitspieler auf, wen er für den Täter hält.

Anschließend bekommst du einen zweiten Zettel und kannst die Auflösung präsentieren.

2. Rolle Butler Thomas

– bitte laut vorlesen

Ich bin seit 12 Jahren bei Lord Assembary als Butler in Stellung. Es handelt sich um eine höchst verantwortungsvolle Tätigkeit und selbstverständlich ist Diskretion das Wichtigste überhaupt. Ich bedaure diese Vorgehensweise ganz entschieden und möchte noch einmal mein Bedauern darüber ausdrücken, dass die Lordschaft und Miss Veronica Southampton hier in einem Raum mit dem Personal verhört werden. Dies ist, nun sagen wir, ungebührlich und ich möchte meiner Verwunderung Ausdruck verleihen. Wenn Lady Assembary diese Vorgehensweise nicht ausdrücklich gestattet hätte, würde diese Vernehmung so nicht stattfinden, dies kann ich Ihnen versichern.

Was der Butler sonst noch weiß:

Lord Assembary hat Scotland Yard eingeschaltet, ohne dies mit dir oder Lady Assembary zu besprechen. Dies ist sehr ungewöhnlich, aber du musst es natürlich akzeptieren.

Du hast Mr. Jenkins gestern, nachdem er den Schmuck im Frühstückszimmer abgelegt hat, zur Türe begleitet. Da es gerade extrem regnete und Mr. Jenkins keinen Schirm dabei hatte, habt ihr noch eine Weile in der Diele miteinander gesprochen. Das Frühstückszimmer kann von der Diele oder auch über eine Treppe von der Küche aus betreten werden. Da du mit Mr. Jenkins in der Diele gestanden hast, kannst du sicher sagen, dass niemand von der Diele aus das Frühstückszimmer betreten hat. Es wäre aber möglich, dass jemand von der Küche aus ins Frühstückszimmer gelangt ist. Jenkins hat das Haus schließlich gegen zirka 17:15 Uhr verlassen. Gleich danach hast du die Schmuckschatulle genommen und zu Valerie ins Bügelzimmer gebracht. Dies war gegen 17:20 Uhr ungefähr. Du hast nicht mehr in die Schatulle hineingesehen und kannst daher natürlich nicht sagen, ob der Diebstahl bereits im Frühstückszimmer stattgefunden hat. Ihr müsst daher klären:

Wer war zu diesem Zeitpunkt, also von zirka 17:00 bis 17:15 Uhr in der Küche?

Das Zimmermädchen Valerie hat bei dir um Erlaubnis gebeten, heiraten zu dürfen. Der Auserwählte ist der Schneider des Hauses Assembary. Da dies eine sehr gute Partie für eine Zofe ist, wirst du den Heiratsplänen zustimmen. Du hast dies natürlich auch mit Lady Assembary besprochen, die ebenfalls ihre Zustimmung gegeben hat. Leider wird Valerie dann ihre Stellung hier im Haus aufgeben. Du bedauerst dies, denn Valerie ist eine verlässliche Person. Andererseits kannst du natürlich verstehen, dass sie diese Gelegenheit nutzen möchte. Sie heiratet damit in die untere Mittelschicht ein und dies ist wirkliche eine glückliche Fügung.

Bitte sage Valerie, dass du mit der Lady gesprochen hast und dass sie mit der Verbindung einverstanden ist.

Valerie hat gestern von 18:30 bis 19:00 Uhr geholfen, den Tisch für die Abendgesellschaft zu decken. Dies ist zwar nicht ihre Aufgabe, aber da ihr etwas knapp an Personal seid, hast du sie darum gebeten. Danach hast du mit Mrs. Johnson in der Küche eine Kleinigkeit gegessen. Ab 19:30 Uhr hast du begonnen, die ersten kalten Speisen hinaufzutragen für den Empfang der Gäste.

Was noch wichtig ist:

Gegen 18:00 Uhr hat Miss Southampton das Haus verlassen; sie wollte einen Spaziergang machen, da der Regen aufgehört hatte. Sie kam gegen 19:00 Uhr zurück.

Der junge Lord kam um 19:45 Uhr von einem Ausflug nach Hause. Er studiert die Wissenschaft der Medizin. Dies ist seinem Vater gar nicht recht.

Der Hausherr, Lord Arthur Willem Assembary kam gegen 19:00 Uhr zurück aus dem Oberhaus.

Du weißt, dass in letzter Zeit einige Dinge von Wert verschwunden sind. So fehlt zum Beispiel eine wertvolle Vase aus dem Esszimmer, ein goldenes Besteck für 12 Personen und eine Uhr aus der Sammlung von Lord Assembary. Du konntest leider noch nicht feststellen, wer all diese Gegenstände entwendet hat. Du hast diese Dinge bisher nur mit Lady Assembary besprochen. Sie bat dich um Stillschweigen gegenüber ihrem Mann und war sicher, die Dinge würden intern geregelt und sie wollte sich darum kümmern.

Nun aber solltest du dem Inspector davon berichten, denn Lady Assembary selbst hat ja versichert, dass jeder alles sagen kann, ohne Angst vor Konsequenzen.

Die oberen privaten Wohnräume dürfen übrigens nur von der Zofe, Eurer Lordschaft selbst, besonderen Gästen des Hauses und dir betreten dürfen.

Und auch das kannst du nicht verschweigen: Der Lord scheint finanzielle Probleme zu haben. Man merkt es an Kleinigkeiten. Es wird am Personal gespart, der Schneider bekommt nicht mehr so viele Aufträge für Garderoben und die Kamine werden nicht mehr im ganzen Haus beheizt.

Zum Schluss schreiben alle Mitspieler auf, wen sie für den Täter halten. Erst danach wird der Inspector den Fall aufklären.

3. Rolle Mrs. Johnson, die Köchin

– bitte laut vorlesen

Ich koche seit 20 Jahren für die Familie seiner Lordschaft. Die Küche liegt im Keller, da bekommt man nicht viel mit. Allerdings war der Juwelier Mr. Jenkins gestern auch noch unten bei mir. Das war so gegen 17:20 Uhr. Er hat das Haus oben durch den Haupteingang verlassen und kam durch den Dienstboteneingang noch einmal zurück. Mr. Jenkins bat um eine Tasse Tee; es regnete furchtbar und weil er den Weg zurück in sein Geschäft zu Fuß zurücklegen musste, wollte er sich vorher noch etwas aufwärmen. Ich habe ihm einen Tee gekocht und ein Stück von unserem Nachmittagskuchen serviert, obwohl ich gerade an diesem Tag sehr wenig Zeit hatte. Mr. Jenkins blieb ungefähr 15 Minuten, dann hat er sich verabschiedet. Ich war froh darüber, denn ich musste ja das Dinner für die Abendgesellschaft vorbereiten. Valerie wollte zwischendurch auch noch eine Kanne Tee für Lady Assembary und Miss Southampton haben. Den hab ich, nachdem Jenkins fort war, dann auch noch schnell fertiggemacht und Valerie hat ihn abgeholt. Mehr kann ich nicht dazu sagen, ich hatte einfach viel zu viel zu tun, um irgendetwas zu bemerken.

Was Mrs. Johnson sonst noch weiß:

Du selbst warst gestern ausschließlich in der Küche beschäftigt. Leider habt ihr kein Küchenmädchen mehr und du musst alles selbstmachen. Kochen, spülen, putzen, da bleibt keine Zeit, um im Haus herumzulaufen. Außerdem darfst du die oberen Räume gar nicht betreten. Dies ist nur dem Butler, der Zofe, Eurer Lordschaft selbst und besonderen Gästen des Hauses vorbehalten.

Veronica Southampton zum Beispiel ist so ein Gast. Sie ist zwar nicht von Adel, hat aber einen sehr reichen Vater. Somit gehört sie zur oberen, sehr angesehenen Mittelschicht. Du findest sie sehr sympathisch. Sie hat ein großes Herz und ist immer sehr freundlich.

Gegen 17:00 Uhr war der junge Lord George Wilhelm Assembary in der Küche bei dir. Er nascht immer gerne von deinem Nachmittagskuchen. Außerdem ist er sehr unterhaltsam und studiert die Wissenschaft der Medizin. Du fragst ihn ab und zu bei kleinen Wehwehchen um Rat und er hat immer einen lieben Tipp für dich. Er blieb, bis Jenkins am Dienstboteneingang klopfte und um Tee bat. Als du mit Jenkins wieder in die Küche kamst, war er fort.

Gegen 19:00 Uhr kam Thomas, der Butler, zu dir in die Küche; er hat eine Kleinigkeit mit dir zusammen gegessen, bevor die Gäste eintrafen. Es war zirka 19:30 Uhr, als er damit begann, die ersten kalten Speisen hinaufzutragen, für den Empfang.

Gestern Nacht warst du noch lange, nachdem die Gesellschaft das Haus verlassen hat, in der Küche und hast gespült und aufgeräumt. Als du dich endlich auf den Heimweg gemacht hast, ist dir vor dem Haus der junge Lord dann erneut begegnet. Er kam gerade nach Hause. Du bist aber sicher, dass er auch auf der Abendgesellschaft hier im Hause war. Diese hat sich gegen 23:00 Uhr aufgelöst.

Warum hat George das Haus noch einmal verlassen und wo ist er hingegangen? Frage ihn danach.

Die Zofe Valerie wird wohl das Haus verlassen; sie hat Mr.

Thomas um Erlaubnis gebeten, heiraten zu dürfen. Es ist dem Mädchen zu wünschen, denn Valerie ist eine liebenswerte und ehrliche Person. Du bist sicher, dass sie den Schmuck nicht genommen hat. Und Thomas, der Butler, scheidet auch aus. Ob Mr. Jenkins den Schmuck heimlich wieder mitgenommen hat? Kann dies sein? Erzähle den anderen von diesem Gedanken.

Und auch dies ist vielleicht noch wichtig:
Gestern war von der Abendgesellschaft noch einiges an kaltem Braten, Pasteten usw. übrig. Du wolltest heute den Lunch daraus bereiten; Lady Assembary möchte stets, dass alles verwertet wird. Du hast also am Abend alles in den Vorratsraum gelegt. Heute Morgen aber waren alle Reste fort. War George mal wieder in der Küche und hat genascht? Aber diese Mengen sind doch für einen Menschen kaum verträglich. Frage ihn bitte danach, denn es muss natürlich geklärt werden, wer sich hier bedient hat.
Zum Schluss schreiben alle Mitspieler auf, wen sie für den Täter halten. Erst danach wird der Inspector den Fall aufklären.

4. Rolle Valerie, Zofe von Lady Assembary

– bitte laut vorlesen

Ich bin die Zofe von Lady Assembary und habe den Schmuck so gegen 17:20 Uhr von Mr. Thomas, dem Butler, bekommen. Ich war im Bügelzimmer, als er damit hochkam und mir die Schatulle übergab. Ich habe noch das Kleid fertiggebügelt, weil das Eisen gerade heiß war und bin zu Lady Assembary gegangen. Dort habe die Schatulle übergeben. Hereingeschaut habe ich selbstverständlich nicht; dies ist mir nicht gestattet.
Die Lady hatte in ihrem Wohnzimmer gerade Besuch von Miss Southampton und sagte, ich solle die Schatulle auf den Sekretär legen. Dann habe ich für die Damen in der Küche einen Tee bestellt. Die Köchin, Mrs. Johnson, hat ihn zubereitet und ich habe ihn unten abgeholt und serviert. Nachdem ich den Tee serviert hatte, habe ich das Badewasser für Lady Assembary erhitzt. Es dauert ja immer eine Weile, bis das Wasser bereit ist. Das Badezimmer der Lady liegt direkt neben ihrem Wohnzimmer. Lady Assembary hat das Bad gegen 18:30 Uhr genommen. Als die Lady im Bad war, habe ich dem Butler geholfen, unten die Tische für die Abendgesellschaft einzudecken. Um 19:00 Uhr war ich wieder oben und habe Lady Assembary das Kleid für den Abend gebracht, ihr beim Ankleiden geholfen und ihre Haare frisiert. All dies fand im Schlafzimmer der Lady statt, welches ja gleich neben dem kleinen Wohnzimmer liegt. Als ich dann den Schmuck für den Abend aus dem Wohnzimmer holte und Lady Assembary die Schatulle öffnete, bemerkten wir den Verlust und haben sofort Lord Assembary informiert. Er hat mich sehr böse angesehen, gerade so, als hätte ich den Schmuck genommen, aber ich schwöre, ich war es nicht. Mehr kann ich nicht dazu sagen.

Was Valerie sonst noch weiß:

Du möchtest in Kürze den Schneider der Assembarys heiraten und hast bereits den Butler, Mr. Thomas, um Erlaubnis gefragt. Mit dieser Hochzeit heiratest du in die untere Mittelschicht ein und dies ist für dich und deine Zukunft sehr wichtig. Du weißt sehr genau, was es heißt, zur Unterschicht zu gehören. Es gibt Arme und ganz Arme. Die ganz Armen leben in schrecklichen Verhältnissen, haben kaum einen Ofen zum Heizen oder Zugang zur gesundheitlichen Versorgung. Es herrscht Hunger und Not in den entsprechenden Vierteln und Bildung ist dort überhaupt nicht möglich. Du hoffst also sehr, dass der Butler deinen Heiratsplänen zustimmen wird und dass sich der Diebstahl klärt. Oft wird einfach ein Schuldiger beim Personal gesucht, aber Lady Assembary hat dir versichert, dass sie das nicht zulassen wird. Sie ist eine sehr feine Dame, die Lady. Mit ihrem Mann, dem Lord, hat sie es auch nicht einfach. Er ist sehr streng und kann mit dem Fortschritt, der überall im Land spürbar ist, wenig anfangen.
Du räumst auch das Gästezimmer von Miss Veronica Southampton auf und da ist dir leider etwas sehr Unangenehmes aufgefallen. Sie hütet unter dem Bett immer mal wieder Gegenstände, die eigentlich ins Haus gehören. So liegt dort zurzeit eine wertvolle Vase, die früher im Esszimmer stand. Du fragst dich, was sie damit vorhat. Außerdem hingen schon einmal zwei wertvolle Kleider von Lady Assembary im Ankleidezimmer von Miss Southampton. Du hast die Kleider zurückgebracht und niemandem etwas davon erzählt, aber gewundert hast du dich doch.
Frag sie doch einfach mal, warum die Kleider bei ihr hingen und was sie mit der Vase vorhat.

Ihre Eltern sind sehr reich; du kannst dir einfach nicht vorstellen, dass sie eine Diebin ist. Du machst dir auch Sorgen um die Gesundheit von Miss Southampton. Sie ist ständig müde und kommt morgens kaum aus dem Bett. Manchmal musst du sie mehrfach aufwecken. Ist sie krank? Frage sie einmal, ob du den Doktor für sie bestellen darfst, denn normal ist dies sicher nicht.

Zum Schluss schreiben alle Mitspieler auf, wen sie für den Täter halten. Erst danach wird der Inspector den Fall aufklären.

5. Rolle Der junge Lord George Assembary

– bitte laut vorlesen

Ich bin erstaunt darüber, dass mein Vater Scotland Yard informiert hat. Normerweise legt er viel Wert auf Diskretion. Aber gut, da er so entschieden hat, wollen wir natürlich alle kooperieren.
Andererseits weiß ich gar nicht, wie wir, also Miss Southampton und ich, Ihnen helfen könnten. Sie werden uns nicht ernsthaft verdächtigen, oder?
Ich habe gestern gegen 17:30 Uhr das Haus verlassen und war dann erst wieder gegen 19:45 Uhr zu Hause; ich musste noch in die Bibliothek. Mr. Thomas kann dies bestätigen, er hat mir bei meiner Rückkehr selbst die Türe geöffnet. Da ich recht spät dran war, habe ich mich schnell umziehen müssen. Die Abendgesellschaft war ja schon um 20:30 Uhr anberaumt und Vater hasst es, wenn ich unpünktlich bin. Ich habe mich also sofort in mein Zimmer begeben. Kurz darauf rief mich mein Vater in sein Arbeitszimmer und berichtete von dem Diebstahl. Unfassbar, sage ich da nur.

Was Lord George sonst noch weiß:

Du studierst die Wissenschaft der Medizin, denn du möchtest auf eigenen Füßen stehen und nicht vom Geld und Titel deines Vaters abhängig sein. Die Zeiten ändern sich und dir erscheint dieser Weg als der Beste. Leider ist dein Vater nicht begeistert von deinem Wunsch, auf eigenen Füßen zu stehen. Er ist sehr konservativ und kann sich mit vielen Veränderungen im Land nicht abfinden. Deine Stiefmutter tut dir manchmal sehr leid. Sie ist noch eine so junge Frau, muss sich ihm völlig unterordnen und darf noch nicht einmal die Tageszeitung lesen. Jeglicher Fortschritt ist ihm verhasst.

Dabei ist deine Stiefmama eine wirklich intelligente und warmherzige Frau.

Gestern hast du gegen 17:00 Uhr die Küche aufgesucht und Kuchen bei der Köchin genascht. Dies machst du öfter und du unterhältst dich auch immer sehr gerne mit Mrs. Johnson. Gegen 17:20 Uhr bist du dann aus dem Haus gegangen, um Bücher aus der öffentlichen Bibliothek für dein Studium auszuleihen. Um 19:45 Uhr warst du wieder zurück.

Veronica Southampton ist seit 2 Wochen euer Gast. Ihre Familie ist zwar nicht von Adel, gehört aber durch geschäftliche Erfolge inzwischen zur angesehenen, oberen Mittelschicht. Es wäre rein gesellschaftlich sogar möglich, dass du sie heiratest. Vermutlich ist dies auch der Hintergrund, warum dein Vater sie hierher eingeladen hat. Er hofft ganz sicher, dass ihr euch verliebt, denn sie würde eine große Mitgift mitbringen. Dass dein Vater finanzielle Engpässe hat, bemerkst du schon längere Zeit. Ihr spart an Personal und an Kleiderausgaben. Auch werden nicht mehr alle Kamine im Haus beheizt. Es ist sicher nicht bedrohlich, aber das Geld von Veronicas Familie wäre bei deinem Vater vermutlich höchst willkommen. Du hast allerdings nicht die Absicht, vorschnell eine Ehe einzugehen. Zuerst möchtest du dein Medizin-Studium beenden. Als Arzt kannst du dann sicher für den Unterhalt einer eigenen Familie sorgen.

Veronica ist eine sehr liebe Person und sie hat ein großes Herz für die Armen in der Stadt. Du weißt, dass sie regelmäßig

heimlich in die Armenviertel fährt, um die Menschen dort mit warmen Mahlzeiten oder Medizin zu versorgen. Sie ist gegen jede Art von Standesunterschied, verehrt die Krankenschwester Florence Nightingale und kämpft für ein Frauenwahlrecht. Wenn dein Vater das wüsste, wäre er sicher nicht mehr der Meinung, dass sie die richtige Frau für dich ist. Gestern Abend, nach der Gesellschaft, hast du gesehen, dass Veronica mit mehreren Taschen heimlich das Haus verlassen hat. Du bist ihr in einigem Abstand gefolgt. Sie ist mit einer Droschke ins Armenviertel gefahren und hat dort Essen und Kleidung verteilt. Du bewunderst Veronica für diese Großherzigkeit. Du bist unentdeckt in ihrer Nähe geblieben, bis sie den Rückweg antrat und durch ein offenstehendes Fenster in der Küche wieder ins Haus kam.
Veronica versteht sich sehr gut mit deiner Stiefmutter, Lady Assembary. Die beiden hocken ständig zusammen und reden stundenlang miteinander. Was haben sie nur immer zu bereden?
Frage Veronica einmal danach.

Zum Schluss schreiben alle Mitspieler auf, wen sie für den Täter halten. Erst danach wird der Inspector den Fall aufklären.

6. Rolle Veronica Southampton

- bitte laut vorlesen

Mein Vater und Lord Assembary haben sich vor einiger Zeit in einem Club kennengelernt und schätzen sich sehr. Da mein Vater nun für einige Wochen geschäftlich verreist und meine Mutter schon viele Jahre tot ist, kam wohl die Idee auf, dass ich die Zeit der Abwesenheit meines Vaters hier im Hause von Lord Assembary verbringe und Lady Assembary Gesellschaft leiste. Ich wurde sehr herzlich empfangen und fühle mich auch sehr wohl hier.

Nun aber zu gestern. Ich war, wie nachmittags so oft, bei Lady Assembary im Wohnzimmer, als Valerie hereinkam und die Schatulle brachte. Da die Lady sich noch für die Abendgesellschaft vorbereiten musste, habe ich mich gegen 18:00 Uhr zurückgezogen. Der grässliche Regen hatte endlich aufgehört und ich habe einen Spaziergang unternommen. Gegen 19:00 Uhr war ich zurück. Ich musste mein Haar selbst machen und auch mein Kleid habe ich selbst aufgebügelt, da die Zofe bei Lady Assembary war. Um 20:30 Uhr bin ich zum Dinner ins Speisezimmer gegangen. Die Gesellschaft war ganz reizend; heute bin ich allerdings noch etwas müde. Es ist recht spät geworden; ich glaube, ich war erst nach Mitternacht im Bett. Zum Verbleib des Schmuckes kann ich leider gar nichts sagen; ich habe ihn auch nicht in Augenschein genommen.

Was Veronica Southampton sonst noch weiß:

Dein Vater ist zwar nicht von Adel, aber ein wohlhabender Geschäftsmann. Durch diesen Reichtum gehört ihr zu der angesehenen oberen Mittelschicht. Was dein Vater anstrebt, ist ein adeliger Schwiegersohn. Der junge Lord käme ihm da gerade recht. Er hat dich während seiner Reise aber auch hier einquartiert, weil er dich keinesfalls alleine zu Hause lassen wollte. Deine letzte Gouvernante hat mal wieder gekündigt, weil sie nicht mit dir fertig wurde. Du hast, sehr zum Entsetzen deines Vaters, dein Herz für die Menschen in den Armenvierteln entdeckt. Es ist furchtbar, wie diese Menschen leben müssen. Sie haben kaum ein Dach über dem Kopf, kein Holz zum Heizen und auch keine medizinische Versorgung. Der Hunger ist ebenfalls alltäglich und kaum zu ertragen. Also hast du mit einer Gruppe anderer, engagierter und wohlhabender Frauen einen Hilfsclub gegründet. Ihr geht, so oft es irgendwie möglich ist, in die Armenviertel und helft dort mit allem, was benötigt wird. Auch eine Armenschule habt ihr gegründet, um den Bewohnern lesen und schreiben beizubringen. Dein Vater hat dies erfahren und dir strikt verboten, weiter dorthin zu gehen. Dies ist dir aber egal. Du wirst, solange du kannst, weitermachen und du hast nicht vor, dich einfach verheiraten und dann von einem Ehemann bevormunden zu lassen.

In den letzten 2 Wochen hast du Lady Assembary von all deinen Erlebnissen und Taten erzählt und sie war geradezu begeistert von diesen Dingen, die du unternimmst. Sie möchte dich so gerne bei der Arbeit für die Armen unterstützen, aber wenn ihr Mann davon erfährt, hätte es sicher üble Konsequenzen für sie. Er würde dies nie erlauben. Da sie dir kein Geld geben kann, hat sie dir andere Dinge zur Verfügung gestellt. Alles, was ihr im Haushalt überflüssig erscheint und beim Pfandleiher Geld bringt, gibt sie dir zum Verkauf für die Armen. Manchmal eine wertvolle Vase oder abgelegte Kleider, manchmal ein Bild oder ein Besteck. Sie muss vorsichtig sein, damit der Lord es nicht bemerkt, aber trotzdem ist schon einiges zusammengekommen. Du gibst die Dinge dann gegen Geld dem Pfandleiher und kaufst

das Nötigste für die Armen.
Nun ist in einem Armenviertel eine schlimme Krankheit ausgebrochen. Sie heißt Typhus und forderte bereits viele Menschenleben. Es ist eine sehr schlimme Durchfallerkrankung. Es ist ein provisorisches Krankenhaus in einem Lagerhaus entstanden, aber es gibt kein Geld für Medikamente. Du versuchst mit den anderen, engagierten Frauen nach dem Vorbild der Krankenschwester Florence Nightingale wenigstens die Pflege zu organisieren, aber ohne Gelder ist es fast aussichtslos. Die Lage ist wirklich verzweifelt und auch Lady Assembary ist voller Mitgefühl. Sie würde so gerne mehr helfen, aber ihr sind die Hände gebunden.
Gestern Abend hast du, nachdem die Gesellschaft sich aufgelöst hatte, die Reste des Dinners wieder heimlich ins Armenviertel gebracht. Du verlässt das Haus oft in der Nacht, um zu helfen. Damit du ungehindert rein und raus kommst, stellst du jedes Mal ein Fenster im Keller auf. Bisher hat dich niemand erwischt.
Das Collier hast du nicht gestohlen und du bist völlig ratlos, da du niemandem hier eine solche Tat zutraust.
Zum Schluss schreiben alle Mitspieler auf, wen sie für den Täter halten. Erst danach wird der Inspector den Fall aufklären.

7. Rolle Lady Elizabeth Mary Assembary

– bitte laut vorlesen

(nur bei 7 Personen besetzen)

Ich bedauere diese Angelegenheit sehr und muss sagen, dass ich niemandem hier einen Diebstahl zutraue. Es wird sicher eine ganz einfache Erklärung geben. Hoffentlich ist alles geklärt, bevor mein Mann von seiner Reise zurückkommt. Es bestürzt mich, dass er Scotland Yard eingeschaltet hat. Aber wenn es sein Wunsch war, müssen wir uns natürlich fügen.
Ich fürchte, ich kann nur sehr wenig Neues zur Klärung beitragen. Alles, was ich weiß, habe ich dem Inspector ja bereits bei seiner Ankunft hier im Hause erzählt.
Insofern nehmen Sie es mir sicher nicht übel, wenn ich mich bei Ihrer Befragung zurückhalte.

Was Lady Elizabeth Mary sonst noch weiß:

Du bist erst seit 3 Jahren mit Lord Assembary verheiratet. Er ist wesentlich älter und deine Eltern haben die Hochzeit arrangiert. Leider ist dein Mann von einer sehr konservativen Grundhaltung. Die Neuerungen im Land, die überall spürbar sind, sieht er mit großer Skepsis.

Nur in einem Punkt begrüßt er moderne Zeiten: Er möchte gerne, dass sein Sohn George Miss Victoria Southampton heiratet. Ihr Vater ist durch die Industrie zu Geld gekommen; es kann sogar sein, dass er geadelt wird und dann auch ins Oberhaus einziehen kann.

Da das Vermögen der Familie deines Mannes nicht mehr sehr groß ist, käme ihm so eine Verbindung sehr recht, denn Victoria wird eine große Mitgift erhalten.

Victoria und George sind aber weit davon entfernt, aus Vernunft zu heiraten. George studiert Medizin und möchte auf eigenen Beinen stehen und Victoria ist eine Rebellin. Sie geht heimlich in die Armenviertel, um dort zu helfen und hat sogar mit anderen Frauen eine Schule aufgebaut. Sie erzählt dir täglich davon und du bewunderst dies alles sehr und möchtest so gerne helfen. Dein Mann aber würde es niemals zulassen. Um trotzdem zu helfen, hast du Victoria immer wieder Dinge aus dem Haushalt überlassen, damit sie diese heimlich verkaufen und das Geld für die Armen verwenden kann. Auch ältere Kleider von dir, Vasen, Bilder und Bestecke kann sie auf diese Weise zu Geld machen. Ihr seid immer vorsichtig bei der Auswahl der Dinge und bisher hat es wohl auch niemand gemerkt. Nun ist im Armenviertel eine furchtbare Krankheit ausgebrochen und es wird wieder Geld für Medizin benötigt. Victoria hat dir gestern erzählt, dass die Menschen sterben wie die Fliegen an der Wand. Sie ist sehr verzweifelt und hat ein Notlazarett aufgebaut. Um ihr auch hier möglichst viel Geld zukommen zu lassen, hast du selbst das Collier genommen und versteckt. Leider hast du gar nicht darüber nachgedacht, dass das Personal verdächtigt werden könnte. Die Zofe hat den Verlust sofort dem Butler gemeldet und dieser dem Lord. Es war schrecklich, aber du konntest nicht mehr zurück und musstest bei der Geschichte des Diebstahls bleiben. Halte dich so gut du kannst zurück und sage möglichst wenig.

Zum Schluss schreiben alle Mitspieler auf, wen sie für den Täter halten. Erst danach wird der Inspector den Fall aufklären.

8. Rolle Unabhängiger Beobachter

– bitte laut vorlesen

(nur bei 8 Personen besetzen)

Ich nehme als Sonderermittler an dieser Runde teil und darf mir frei aussuchen, bei welcher Person ich mit in den Geheimtext mit den Hinweisen schauen darf.
Die Auswahl muss sich allerdings auf eine Person beschränken.
Ich kann diese Person beraten und mich ansonsten ganz normal an den Ermittlungen beteiligen.
Wenn meine Wahl zufällig auf die Täterin oder den Täter fällt und ich auf diese Weise vorab erfahre, wer schuldig ist, stehe ich selbstverständlich unter Schweigepflicht.
Den Täter werde ich also keinesfalls verraten!

Was der Beobachter sonst noch weiß:

Du hast im Vorfeld gewählt und dich für eine Person entschieden, mit welcher du in der Ermittlungsrunde zusammenarbeiten wirst.
Solltest du zufällig den/die Täter/in gewählt haben: Denke an die Schweigepflicht.
Lasst euch in diesem Falle nichts anmerken und versucht gemeinsam, den Verdacht auf andere Personen zu lenken.

Ansonsten gilt:
Fast alle Mitspieler haben größere und kleinere Geheimnisse und genau diese gilt es, herauszufinden.
Oft gehen gute Ermittlungsansätze im Gespräch unter, weil neue Vorwürfe laut werden und das bereits Gesprochene in Vergessenheit gerät.
Höre also genau hin und versuche, jeder Aussage wirklich auf den Grund zu gehen.
Fertige Notizen an, wenn du etwas wichtig erachtest.
Der springende Punkt ist: Wer hatte wirklich ein Motiv für die Tat und wer hatte die Gelegenheit?
Viel Spaß bei den Ermittlungen!

Zum Schluss schreiben alle Mitspieler auf, wen sie für den Täter halten. Erst danach wird der Inspector den Fall aufklären.

Auflösung des Kriminalfalls:

Zweiter Text von Inspector Scott – bitte laut vorlesen.

Nun meine Herrschaften, nachdem wir nun alle Befragungen abgeschlossen haben, weiß ich, was geschehen ist.
Eine wichtige Frage war zunächst, wann dass Collier genau gestohlen wurde.
Mr. Jenkins übergab das Schmuckstück gegen 17:00 Uhr an den Butler. Dieser legte es im Frühstückszimmer ab und brachte Jenkins zum Ausgang. Die beiden haben dann noch etwa 15 Minuten in der Diele zugebracht, weil es draußen so stark regnete. Während dieser Zeit kann von der Diele aus niemand das Frühstückszimmer betreten haben, denn der Butler und Mr. Jenkins hätten diese Person bemerkt.
Wir wissen allerdings, dass man das Frühstückszimmer auch von der Küche aus betreten kann.
In der Küche war die Köchin, die seit 17:00 Uhr Besuch vom jungen Lord hatte. Als Mr. Jenkins dann am Lieferanteneingang klopfte, um vor seinem Heimweg eine Tasse Tee zu erbitten, ist der junge Lord gegangen. Nun waren Mr. Jenkins und die Köchin zusammen in der Küche und oben, im Frühstückszimmer, hat der Butler die Schatulle an sich genommen und, wie bekannt, zur Zofe gebracht.
Wir können somit ausschließen, dass das Collier bereits im Frühstückszimmer entwendet wurde, da niemand die Gelegenheit hatte, unbemerkt das Zimmer zu betreten.
Dazu ist noch anzumerken, dass der Butler und die Zofe das Collier zu diesem Zeitpunkt sicher auch nicht gestohlen haben. Die beiden konnten ja nicht ahnen, dass die Lady den Schmuck aufgrund ihres Besuches von Veronica Southampton gar nicht sehen wollte, wenn sie ihn gebracht bekommt.
Nun also lag das Collier im Wohnzimmer von Lady Assembary. Die Lady und Victoria Southampton haben bis zirka 18:00 Uhr

ihre Unterhaltung fortgesetzt, dann hat sich Victoria für den Moment verabschiedet. Sie hat einen Spaziergang unternommen und kam erst gegen 19:00 Uhr zurück.
Lord George Assembary hat das Haus um 17:20 Uhr verlassen. Er kam erst um 19:45 Uhr zurück und musste sich dann sehr beeilen, um pünktlich zum Dinner fertig zu sein. Er ist also sofort in sein Ankleidezimmer gegangen und wurde schon kurz darauf von seinem Vater gerufen, weil der Schmuck vermisst wurde.
Der junge Lord hätte keine Gelegenheit gehabt, das Schmuckstück zu stehlen. Und wusste George überhaupt davon, dass der Juwelier den Schmuck geliefert hatte? Soweit mir bekannt ist, war ihm nichts dergleichen bekannt.
Die Köchin Mrs. Johnson hat keinen Zutritt ins obere Stockwerk. Sie hätte nicht gewagt hinauf zu gehen, um den Schmuck zu stehlen. Sie hatte zudem, wie sie ja selbst glaubhaft versichert hat, alle Hände voll zu tun mit den Vorbereitungen für die Abendgesellschaft. Eine Küchenhilfe hat sie schon längere Zeit nicht mehr. Nein, Mrs. Johnson ist wirklich nicht verdächtig.
Lady Assembary hat gegen 18:30 Uhr das vorbereitete Bad genommen. Zu diesem Zeitpunkt war das Collier erstmals unbeaufsichtigt in ihrem Wohnzimmer und zwar bis 19:00 Uhr.
Die Zofe Valerie hat von 18:30 Uhr bis 19:00 Uhr mit dem Butler, Mr. Thomas, die Abendgesellschaft vorbereitet.
Danach ging die Zofe wieder hinauf zur Lady, um ihr beim Ankleiden zu helfen und die Frisur zu richten.
Der Butler ging in die Küche zu Mrs. Johnson, um selbst eine Kleinigkeit zu essen.
Kommen wir zu Miss Southampton. Wie Sie inzwischen ja wissen, hat Miss Southampton in der Vergangenheit Gegenstände von Wert aus diesem Haushalt verpfändet, um damit im Armenviertel allerlei Hilfsprojekte zu unterstützen. Sie tat dies aber mit dem Wissen der Lady; dies hat mir Lady Assembary eben noch einmal bestätigt.
In der Zeit von 18:00 bis 19:00 Uhr war Miss Southampton im Park spazieren. Sie kann das Collier also ebenfalls nicht an sich genommen haben, als es unbeaufsichtigt war.

Und wenn Sie nun sagen, dann war es sicher doch die Zofe, denn sie konnte das Collier eventuell in einem unbeobachteten Moment entwenden muss ich entgegnen:
Warum hätte sie das tun sollen? Sie steht vor einer Hochzeit mit einem angesehenen Schneider aus der Mittelschicht. Dies bedeutet gesellschaftlicher Aufstieg und Anerkennung. Sie genießt dazu einen tadellosen Ruf und hätte sicher nichts getan, was zu einer unehrenhaften Entlassung aus diesem Haushalt und somit zu ihrem Ruin führt.
Nein, es gibt für das Verschwinden des Colliers nur eine einzige Erklärung:
Lady Assembary selbst hat den Schmuck entwendet. Sie tat dies aus dem Wunsch heraus, das selbstlose Handeln von Victoria Southampton finanziell zu unterstützen und sie hat leider nicht die Konsequenzen bedacht. Auch hat sie niemals damit gerechnet, dass ihr Mann, Lord Assembary, Scotland Yard einschalten würde.
Ich habe soeben mit der Lady gesprochen. Sie ist zutiefst verzweifelt über die eigene Tat und hat mir das Collier ausgehändigt. Mr. Jenkins kann es also wie geplant am Nachmittag wieder in Empfang nehmen und ein Skandal ist abgewendet.
Ich bitte Sie alle um Ihre Verschwiegenheit. Bedenken Sie bitte den edlen Gedanken von Lady Assembary. Sie wollte den Ärmsten helfen und wusste, dass ihr Mann niemals Mittel dafür zur Verfügung stellen würde.
Lady Assembary wird ihrem Mann sagen, dass der Schmuck in ihrem Schlafzimmer gefunden wurde und dass sie es wohl selbst war, die das Collier verlegt hat.
Kann ich mich auf Ihre Diskretion verlassen?

Liebe Ermittler, das ist wirklich ein erstaunliches Ende unserer Geschichte. Ihr könnt gerne einmal darüber diskutieren, ob ihr Lady Assembary schützen würdet, indem ihr der Bitte des Kommissars nachkommt. Und vielleicht habt ihr ja auch Lust, euch einmal mit der Viktorianischen Zeit, Florence Nightingale und den Frauenrechten damals zu beschäftigen.
Ich hoffe, ihr hattet spannende Ermittlungen und viel Spaß.

Wenn ihr wieder eine Krimiparty plant, könnt ihr mit

„Krimiparty Kids – Kunstraub in New York“ und
„Krimiparty Kids 2 – Was für ein Zirkus“
„Krimiparty Kids 3 – Hindernisse“

erneut auf die Jagd nach dem Täter gehen.

Autorenportrait

Cornelia H.-Müller ist seit 2006 als Autorin tätig. Ihr Genre sind Mitspielkrimis, Kinderspielgeschichten und Theaterstücke.

Autorenkontakt über
glashauskrimi@glashauskrimi.de

Besuchen Sie Cornelia H.-Müller auf ihrer Homepage:
www.glashauskrimi.de

Weitere Bücher von Cornelia H.-Müller, erschienen im Edition Paashaas Verlag:

Die Bücher der Krimiparty befassen sich anders als die Krimiparty Kids mit Mord – daher werden sie nicht ausdrücklich als Bücher für Kinder und Jugendliche ausgewiesen, obwohl auch sie für Personen ab 12 Jahren geeignet sind.

Krimiparty:
5 neue Fälle für Ihre Ermittlungen zu Hause
2. Ausgabe, 2015, Paperback, 188 Seiten
ISBN: 978-3-9813928-8-3, Preis: 13,95 €

Entdecken Sie Ihren kriminalistischen Spürsinn! Mithilfe dieses Buches können Sie zu Hause gemeinsam mit Ihren Familienmitgliedern und Gästen auf Tätersuche gehen. Sie ermitteln und befragen, Sie bewerten Tatsachen und Aussagen und Sie finden schließlich heraus, wer der Täter oder die Täterin ist.
Altersempfehlung: 12 bis 99 Jahre

Neben dieser großen Sammelausgabe gibt es zahlreiche weitere Bücher mit Einzelkrimis oder Themenreihen:

Krimiparty Sonderband 1: Plötzlich und erwartet
Weihnachtskrimi, ISBN: 978-3-942614-25-2

Krimiparty Sonderband 2: Workshop mit Todesfolge
Krimi aus dem Allgäu, ISBN: 978-3-942614-39-9

Krimiparty Sonderband 3: Die Rache
reiner Frauenkrimi, ISBN: 978-3-942614-41-2

Krimiparty Sonderband 4: MorgenGRAUEN
Bayern-Krimi, ISBN: 978-3-942614-58-0

Krimiparty Sonderband 5: Spargelsilvester
ländlicher Krimi nicht nur zur Spargelzeit,
ISBN: 978-3-942614-71-9

Krimiparty Sonderband 6: Inkognito
Hotelkrimi, ISBN: 978-3-945725-12-2

Krimiparty Sonderband 7: Bayern-Spezial
mit 2 Fällen: MorgenGrauen + Neues aus Wulfrathshausen
ISBN: 978-3-945725-45-0

Krimiparty Sonderband 8: Der fast perfekte Mord
Sylt-Krimi, ISBN: 978-3-945725-84-9

Krimiparty Sonderband 9: Die Wette
ein schottischer Krimi, 978-3-945725-98-6
- auch als englische Ausgabe erhältlich:
Murder Mystery Party 1: The Bet, ISBN: 978-3-96174-000-0

Krimiparty Sonderband 10: Neues aus Wulfrathshausen
Ein Krimi nicht nur für Golfer! ISBN: 978-3-96174-002-4

Krimiparty Sonderband 11: Familienbande
Eifelkrimi, ISBN: 978-3-96174-021-5

Krimiparty Sonderband 12: Schatten der Vergangenheit
Kreuzfahrtkrimi, ISBN: 978-3-96174-025-3

Krimiparty Sonderband 13: Ötzi – oder das schwarze Schaf
Bayern-Krimi, ISBN: 9783961740420

Krimiparty Sonderband 14: Der Guru
Mord in einer Sekte, ISBN: 978-3-96174-063-5

Ein besonderes Highlight für die ganze Familie bietet das
Mörderisches Verbrechensquiz
Spannende Quizfragen für die Krimiparty zu Hause

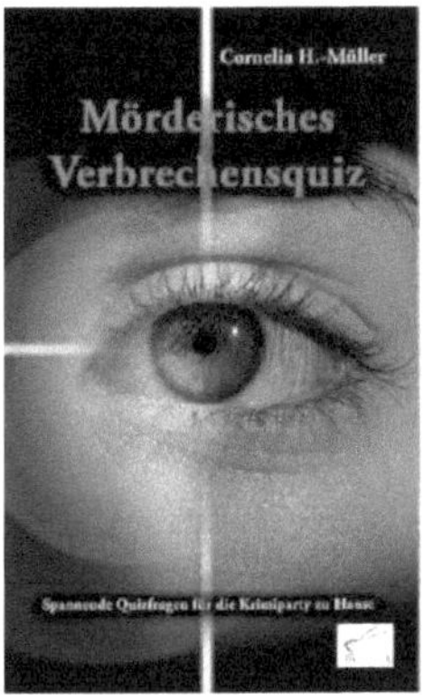

Das mörderische Verbrechensquiz ist ein Unterhaltungsbuch für die ganze Familie.
Es enthält spannende Quiz-Fragen für Erwachsene zu realen Verbrechen, fiktiven Figuren, Prominenten, die zu Opfern oder Tätern wurden, Literatur und Film sowie zu unserer Rechtsprechung und Gesetzgebung. Ihr werdet sicher über vieles staunen, manchmal schmunzeln und auch einiges lernen. Zudem gibt es 60 Fragen, die unter die Haut gehen und für rasante Gesprächsrunden sorgen.
Gerade für Kinder wird es zum Schluss in 4 Ratekrimis richtig spannend. Da können Eltern und Kinder gemeinsam nach der Lösung suchen. Ihr benötigt für die Quiz-Runde lediglich Papier und Stift für alle Mitspieler.

Cornelia H.-Müller
Mörderisches Verbrechensquiz
Spannende Quizfragen für die Krimiparty zu Hause
Format: 12 x 19 cm, Paperback, 88 Seiten
ISBN: 978-3-96174-062-8
VK: 7,95 €

Weitere Ausgaben sind in Planung.

Alle Bücher sind unter: www.verlag-epv.de zu bestellen oder auch überall im Buchhandel erhältlich.

Dort gibt es auch weitere Informationen zur Autorin und Leseproben.

Hier ist Platz für ein paar Kommentare deiner Gäste, damit du dich auch in vielen Jahren noch an diesen lustigen Abend erinnern kannst ...

Hat euch der Krimi gefallen? Was sagen die Mitspieler?

Wir haben diesen Fall am

____

gelöst.

Hat euch der Krimi gefallen?
Was sagen die Mitspieler?

Wir haben diesen Fall am

____

gelöst.

Hat euch der Krimi gefallen?
Was sagen die Mitspieler?

Wir haben diesen Fall am

____

gelöst.

Hat euch der Krimi gefallen?
Was sagen die Mitspieler?

Wir haben diesen Fall am

____

gelöst.

Hat euch der Krimi gefallen?
Was sagen die Mitspieler?

Wir haben diesen Fall am

____

gelöst.